[illegible]

Made in the USA
Monee, IL
19 January 2022

89402467R00059